D0993858

Nous remercions le ministère du Patrimoine canadien,
la SODEC et le Conseil des Arts du Canada
de l'aide accordée à notre programme de publication

Patrimoine   Canadian
canadien   Heritage

ainsi que le Gouvernement du Québec
– Programme de crédit d'impôt
pour l'édition de livres
– Gestion SODEC.

Illustration de la couverture
et illustrations intérieures :
Gaëtan Picard

Couverture :
Conception Grafikar

Édition électronique :
Infographie DN

Dépôt légal : 3e trimestre 2003
Bibliothèque nationale du Canada
Bibliothèque nationale du Québec

23456789 IML 0987654

Noah, Kyle et Kirk,

Je vous invite

chaleureusement à

▷ **ARRÊTE DEUX MINUTES!**

pour suivre au
fil des pages
Frédéric, un petit
francophone qui
vous fera rire !
Bonne lecture ...,
   en français !

Geneviève Piché
22 avril '04

Données de catalogage avant publication (Canada)

Piché, Geneviève

    Arrête deux minutes!

    (Collection Sésame; 57)
    Pour enfants de 6 ans et plus.

    ISBN 2-89051-869-8

    I. Titre II. Collection: Collection Sésame; 57.

PS8581.1243A97 2003   jC843'.6   C2003-941249-0
S9581.1243A97 2003

GENEVIÈVE PICHÉ

roman

**ÉDITIONS
PIERRE TISSEYRE**

5757, rue Cypihot, Saint-Laurent (Québec) H4S 1R3
Téléphone: (514) 334-2690 – Télécopieur: (514) 334-8395
Courriel: ed.tisseyre@erpi.com

Merci à
Nicole Deslandes
et à Johanne Janson
pour avoir éveillé en moi
le goût de l'écriture
et contribué
à la réalisation
de ce premier roman.

À Johanne

1

UN MOTEUR
DANS LE DERRIÈRE

Depuis que je suis au monde, tout le monde me répète la même chose : « Frédéric ! Reste tranquille ! » Comme si, à force de l'entendre, j'allais enfin arrêter de bouger. Mais c'est plus fort que moi. J'ai besoin de courir, de sauter, de grimper. J'ai tellement d'énergie.

Ma mère dit que je suis né avec un moteur dans le derrière. Mon père prétend qu'il était comme moi, plus jeune. Que je vais finir par me calmer. Ma sœur Maude, elle, ne se fait jamais chicaner. Et elle n'a que quatre ans. C'est à se demander si on fait partie de la même famille.

À l'école, je ne reste pas en place. Je tombe en bas de ma chaise, je lance mes gommes à effacer, je déchire mes cahiers et je casse mes crayons. Il n'y a que lorsque je dessine que j'arrive à demeurer assis plus de deux minutes. Alors, je gribouille sur tout ce qui me tombe sous la main : mes souliers, mes livres ou mon pupitre. J'invente d'horribles tatouages sur mes bras avec mes crayons feutres.

L'an dernier, la prof n'arrêtait pas de crier après moi. Elle disait que je dérangeais trop mes voisins. Elle a finalement mis mon pupitre dans le corridor.

J'en ai profité pour dessiner d'immenses dinosaures sur les murs. C'est le tyrannosaure qui m'a donné le plus de fil à retordre. J'ai dû grimper sur le dessus d'une case pour tracer sa tête. Il était fabuleux. Mais Denis, notre concierge, n'était pas du même avis. Il ne connaît rien à la préhistoire. Il m'a fallu tout nettoyer. Et je me suis retrouvé, une fois de plus, au bureau du directeur. Je crois que je suis le pire élève de ma classe, de toute l'école, de la planète entière!

Cette année, ma prof s'appelle Josée. Elle est gentille. Sa voix est douce. Quand elle parle, j'essaie de

l'écouter. Mais trop d'images défilent dans ma tête. J'entrevois une voiture de police par la fenêtre, et je m'imagine à la poursuite de dangereux hors-la-loi. J'entends le vrombissement d'un avion, et je deviens pilote de l'air. Alors, quand il faut se mettre au travail, je ne sais jamais quoi faire. Souvent, Josée vient jusqu'à mon pupitre répéter la consigne. Juste pour moi.

Je ne sais pas combien de temps ça va durer. Bientôt, elle va se rendre compte que je suis un bon à rien. J'ai peur qu'alors elle aussi ne veuille un jour plus de moi dans la classe.

2

DE LA PURÉE
DE VERS DE TERRE

Aujourd'hui, c'est l'anniversaire d'Aurélie. La chipie se pavane comme si elle venait de remporter une médaille d'or. Elle ferait n'importe quoi pour se rendre intéressante.

C'est ma pire ennemie. Chercher à m'embêter est son passe-temps préféré. Elle vole mes crayons, cache mes souliers dans la poubelle et m'appelle toujours « Frédéric-le-porc-épic ». J'aimerais l'attacher à une fusée et l'expédier en orbite autour de la Lune. Mais chaque fois que j'essaie de me venger, elle se met à hurler. Et devinez qui se fait punir ? Toujours moi.

Enfin, l'heure de la collation arrive. Aurélie a apporté des gâteaux d'anniversaire pour TOUS les élèves de la classe. Le plus drôle, c'est qu'elle va être obligée de m'en offrir un. Je continue à dessiner. Lorsqu'il ne reste plus qu'un gâteau, elle s'approche enfin de moi.

— Tu en veux un, Frédéric ?

J'accepte poliment, comme si nous étions de vrais amis, et je prends une bouchée. Puis je mets un doigt dans ma bouche et je fais semblant de vomir.

— Ouache ! C'est de la purée de vers de terre !

Les élèves éclatent de rire. Le visage d'Aurélie devient rouge tomate. Ses yeux lancent des éclairs. D'un geste brusque, elle s'empare de mes dessins et les examine.

— Oh! le porc-épic a dessiné des voitures de course. Il se prend peut-être pour un coureur automobile? Il faudrait d'abord qu'il réussisse à mettre un pied devant l'autre sans causer d'accident!

Pet de cacahouète! Trop c'est trop! Je bondis pour reprendre mes dessins, mais elle s'enfuit en les agitant au-dessus de sa tête. Je me lance à sa poursuite. Elle se sauve de nouveau. Je saute sur les pupitres pour aller plus vite qu'elle et je réussis à la coincer près de l'aquarium. La peste tente de jeter mes dessins à l'eau. Je vois rouge.

Je plonge. Je perds l'équilibre et je viens buter contre la paroi

vitrée. L'aquarium glisse dangereusement sur la table. J'essaie de le retenir, mais… trop tard. L'eau se déverse en cascade sur la tête d'Aurélie. Je me retrouve les deux fesses dans l'eau pendant que Tic et Tac, nos deux poissons rouges, battent désespérément l'air de leurs nageoires. Ils font pitié. Moi aussi, je crois !

Autour de nous, les élèves s'agitent dans tous les sens. Josée tente d'imposer le calme. À travers le brouhaha, j'entends sa voix qui m'ordonne de sortir immédiatement de la classe. J'obéis, la tête basse, une boule aussi grosse qu'un pamplemousse au creux de la gorge.

3

MERCI, PISSENLIT !

C'est la récréation. Pendant que les élèves jouent dehors, moi, je poireaute dans le bureau du directeur. Monsieur Latendresse m'examine par-dessus ses grosses lunettes sans rien dire. Il devrait plutôt s'appeler Laterreur. Ça lui conviendrait mieux. Son silence s'éternise. Je sens une menace sourde planer au-dessus de moi. D'une toute petite voix, je me décide à briser la glace.

— Ce n'est pas ma faute! C'est Aurélie qui a volé mes dessins. Je ne voulais pas renverser l'aquarium. Je vous le jure! C'est elle qui a commencé!

Je parle à toute vitesse. Les mots se bousculent sur mes lèvres. Un vrai déluge! Je n'arrive pas à les contrôler.

— Je ne veux pas manquer la récréation! Je vous en prie. Si vous le dites à mon père, il va m'arracher la tête!

Le directeur ne semble guère impressionné. Il retire ses lunettes et se frotte le nez. Il sort une feuille du tiroir de son bureau, griffonne quelque chose au bas, puis l'insère dans une enveloppe. Il se tourne ensuite vers moi et m'adresse enfin la parole. Il articule chaque syllabe, comme si j'étais sourd et que j'avais quatre-vingt-dix ans :

— Tu remets cette lettre à tes parents ce soir. Ils doivent la signer et me la retourner le plus tôt possible.

Pet de cacahouète ! Je préfère encore manquer les récréations, copier cent fois les pages du dictionnaire ou laver tous les pupitres de l'école. Je le supplie de trouver une autre punition. Mais il demeure inflexible. Il prétend faire cela pour mon bien. Mon œil !

En quittant la classe, j'ai l'impression que la lettre pèse dix tonnes dans mon sac. Moi qui cours toujours d'habitude, je traîne les pieds. Je suis persuadé qu'on veut m'expulser de l'école.

Et si je me débarrassais de la lettre ? Je pourrais toujours raconter qu'un affreux dragon me l'a volée. Qu'il l'a fait brûler en éternuant. Un dragon allergique au papier, ce n'est pas impossible.

Pendant que je réfléchis, Aurélie m'attend au coin de la rue. Je presse le pas pour l'éviter. Elle m'a déjà causé assez d'ennuis. Mais le pot de colle me rattrape.

—Fiche-moi la paix, Aurélie-le-pissenlit!

Elle continue à me suivre. Alors, je me retourne et je la fais trébucher. Elle se retrouve le visage aplati contre une bouche d'égout, le nez coincé dans une fente.

Cela me donne une idée géniale. Mais oui! Pourquoi n'y ai-je pas pensé plus tôt? J'aide Aurélie à se relever. J'ouvre rapidement mon sac d'école. Je saisis la lettre, la glisse à travers la grille et la regarde disparaître tout au fond. Voilà ! Mon problème est réglé.

Beaucoup plus léger, je gambade jusqu'à la maison, plantant là une Aurélie tout éberluée. Au loin, je vois ma sœur qui joue avec ses poupées sur le balcon. Elle a de la chance. Elle ne va pas encore à l'école. Le pire, c'est qu'elle a hâte d'y aller. Elle pleure tous les matins pour m'accompagner. Je lui cèderais volontiers ma place.

— Fédéïc, Fédéïc ! Ton pofesseur a téléphoné.

Ma sœur ne prononce pas encore les « r ». Ce qui ne l'empêche pas de tout rapporter à mes parents. D'ailleurs, voilà ma mère qui arrive.

— Frédéric ? Tu as une lettre à me remettre ?

Pet de cacahouète ! Ça va mal !

4

AU FEU !

Cette nuit, j'ai mis le feu à l'école. J'ai d'abord déchiré mes livres et mes cahiers. Je les ai placés en boule au milieu de la classe. J'ai déposé ma chaise et mon pupitre par-dessus. Ensuite, j'ai fait craquer une allumette.

Tout a brûlé très vite. J'ai juste eu le temps de sortir en trombe de l'école avant que les murs s'effondrent. J'entendais au loin la sirène du camion de pompier qui se rapprochait. L'école n'était plus qu'un immense brasier. J'avais chaud. Délicieusement chaud. J'ai jeté mes couvertures par terre.

C'est là que le cauchemar a commencé. Maude me tire par les orteils.

— Fédéïc, éveille-toi!

J'essaie de replonger dans mon rêve, mais ma sœur me chatouille les pieds. J'ai envie de l'écrabouiller comme un moustique.

— Allez, Frédéric! Debout! Nous allons être en retard à l'école.

Cette fois, rien à faire. C'est la voix de ma mère. Elle a décidé de venir avec moi à l'école pour rencontrer le directeur. Elle ne m'a pas

cru quand je lui ai raconté qu'un dragon avait réduit ma lettre en cendres. Je me suis couché sans même regarder la télévision. Mon père n'a pas arrêté de répéter qu'il n'est pas question pour lui de remettre les pieds dans une école. Surtout pas pour s'entendre dire que son garçon a fait le pitre!

Je crois que je vais être malade. Tellement malade que ma mère oubliera tout. Elle ne pensera qu'à soigner son pauvre petit garçon. D'ailleurs, je commence à avoir mal au ventre. Pour de vrai.

Mais ma mère n'a aucune pitié. Elle affirme que je suis en pleine forme. J'ai beau me tordre de douleur sur le plancher, elle ne m'accorde pas la moindre attention. Sur le chemin de l'école, elle ne cesse de me sermonner:

—Frédéric, ne traîne pas les pieds comme ça! Tu as encore oublié de te peigner! Dépêche-toi donc un peu! Rentre ta chemise dans ton pantalon! Mais qu'est-ce que j'ai fait au bon Dieu pour avoir un garçon comme toi?

Cette phrase-là, je la déteste! Je donnerais tout, jusqu'à ma collection de dinosaures, pour que mes parents soient fiers de moi. Une fois dans leur vie. Ma sœur, on la félicite pour un rien: quand elle fait un beau dodo, un beau sourire, une belle caresse. Facile!

En entrant dans la cour de l'école, je remarque Aurélie. Je tire le cordon de mon manteau et je le fais tourner au-dessus de ma tête comme un cow-boy. Si elle s'approche encore, je la capture et je la ficelle comme une sauterelle dans une toile d'araignée.

— Salut, Frédéric-le…, s'interrompt brusquement Aurélie en apercevant ma mère.

Pet de cacahouète! Le pissenlit porte des lunettes maintenant. Je suis tellement surpris que j'en échappe mon lasso. Je n'ai pas le temps de lui dire qu'elle ressemble à une grenouille baveuse, parce que ma mère me tire par le bras.

Je sens que c'est la dernière fois que je mets les pieds dans cette école. En ce moment, je serais prêt à embrasser tous les crapauds de la terre, même Aurélie-la-grenouille, pour échapper à mon sort.

5

UN ORDINATEUR
EN OTAGE

Ma mère discute avec le directeur. La porte du bureau est fermée. J'aimerais être un espion avec un équipement ultra-sophistiqué. Je pourrais entendre leur conversation. Mais il me faut retourner en classe. Pour expliquer mon retard, je vais raconter que j'ai dû aller brosser un chameau, à Sainte-Julie, avec mon père. Au moins, on ne m'accusera pas de manquer d'imagination !

Un vent de folie secoue la classe. Personne ne fait attention à moi. Les élèves ont décidé d'organiser une grande exposition sur la préhistoire. Sarah et Joanie se déguisent en femmes des cavernes. Philippe effectue des recherches sur Internet. Je les regarde s'enthousiasmer, sans partager leur excitation. J'ai l'impression que je ne fais plus partie du groupe. Au bout d'un moment, Josée s'approche de moi.

— Qu'aimerais-tu faire pour l'exposition, Frédéric ?

Moi ? J'aimerais disparaître comme les dinosaures. Ainsi, plus personne n'entendrait parler de moi. Aurélie tourne autour de nous.

— Tu pourrais dessiner des dinosaures, Frédéric. Comme ceux que tu avais faits sur les murs du corridor l'année dernière. Peut-être que cette fois tu n'aurais pas à les effacer ! Ha, ha, ha!

Je hausse les épaules. Tout ce que j'espère, c'est ne pas pleurer. Je ne voudrais pas offrir cette joie à mademoiselle-la-grenouille-à-lunettes. Elle n'en finirait plus de se moquer de moi. Josée renchérit :

— C'est une bonne idée, Aurélie. Qu'en penses-tu, Frédéric ?

Je serre les lèvres pour ne pas montrer qu'elles tremblent. Comment leur dire que leurs beaux projets ne servent à rien ? Je vais être renvoyé de l'école. À l'heure qu'il est, ma mère a certainement été mise au courant de mes bêtises. Désormais, mes jours dans cette classe sont comptés.

Soudain, la silhouette du directeur se profile dans l'encadrement de la porte. Il est sûrement venu me chercher. Je n'en peux plus, j'éclate :

— Nooooooon ! Je ne veux pas être renvoyé !

Je me précipite vers la table des ordinateurs et j'enroule les fils autour de moi. Je crie à pleins poumons :

— N'approchez pas ! Sinon je casse tout !

Josée tente de me calmer. Je l'entends à peine, tellement je pleure. Je sens qu'on m'agrippe par les épaules. Je ferme les yeux et je donne des coups de pied sur tout ce qui bouge. Je résiste autant que je peux.

...nfin, on me laisse tranquille. ...uvre les yeux. Il n'y a plus per... ...ne dans la classe. Puis je vois

Denis qui approche. Le concierge me tient solidement en me faisant lentement tourner sur moi-même pour dérouler les fils de l'ordinateur. Doucement, il m'explique :

— Tu vas rencontrer le psychologue de l'école. Tu verras, il est très gentil.

Je ne suis pas sûr de bien comprendre. J'imagine qu'ils ont besoin de preuves pour me renvoyer. Pet de cacahouète ! L'heure est grave !

6

L'ENQUÊTEUR

Ma mère est d'accord avec la proposition du directeur. Elle ne se doute pas qu'il cherche à me renvoyer de l'école. Elle a même signé la lettre pour autoriser le psychologue à me rencontrer. Je suis dans son bureau. Il dit qu'il s'appelle Guy, mais je suis sûr que c'est un faux nom. Tous les détectives en ont un. C'est certainement un enquêteur, car il m'a soumis à un véritable interrogatoire. J'ai réussi à tenir le coup. La cloche du dîner vient de sonner, et je n'ai toujours pas ouvert la bouche.

Il a maintenant changé de tactique. Il cesse de me poser des questions et m'examine à la loupe. Il peut me soumettre aux pires tortures, je ne dirai rien.

Le seul problème, c'est que je commence à avoir faim. Mon estomac gargouille. En dernier recours, j'accepte de lui faire un dessin. Peut-être qu'après il me laissera partir.

Je m'empare du crayon noir et je divise la feuille en deux. D'un côté, je trace un dragon avec une longue crinière hérissée de piquants. De l'autre, je dessine des maisons en feu avec des gens qui sautent par les fenêtres.

— Et si on essayait d'inventer une histoire avec ton dessin? me propose l'enquêteur.

Je ne réponds pas.

— Quel personnage jouerais-tu? me demande-t-il encore.

Moi, je serais le dragon. Parce qu'il est très, très méchant. Personne ne veut jamais jouer avec lui. Alors, il s'amuse tout seul. Il crache du feu autour de lui. Je dessine une longue flamme qui sort de sa gueule et de la fumée noire qui s'échappe de ses narines.

— Que se passe-t-il ensuite? poursuit-il.

Ensuite? Je ne sais pas trop. On l'enfermerait pour toujours. J'ajoute une clôture très pointue qui entoure le dragon. Ou peut-être qu'il trouverait une potion magique. En la buvant, il deviendrait gentil. Je trace un flacon. Et puis non, je change d'avis et je le barbouille d'un geste rageur.

L'enquêteur semble tout de même satisfait de mon dessin. Il me frotte le dessus de la tête et m'ouvre la porte du bureau. Ouf! je suis libre! Je cours à toute vitesse dans le corridor avant qu'il ne change d'avis.

7

PILOTE DE
FORMULE 1

Je suis nerveux. Cela fait une semaine que l'enquêteur m'a interrogé et je n'ai toujours pas été mis à la porte. Aujourd'hui, il est venu s'asseoir au fond de la classe. Je sais qu'il m'observe. Il tient un calepin dans ses mains. De temps en temps, il penche sa tête de côté et y note des choses. Je gigote sur ma chaise.

Enfin, Josée donne ses dernières consignes. Je me lève d'un bond pour aller chercher la gouache. Je me suis laissé convaincre de dessiner les dinosaures pour l'exposition. À écouter les autres élèves, je suis le meilleur dessinateur de la classe. J'ai pensé leur laisser un souvenir de moi.

Je verse de la gouache verte dans un petit pot. Aurélie m'arrache le contenant des mains.

— Attends un peu, je n'ai pas fini!

Je lui reprends le contenant de gouache. Elle me l'enlève de nouveau. Je le saisis à deux mains, cette fois. Elle aussi. Je tire de toutes mes forces. Elle tient bon, la diablesse!

— Lâche ça, la-grenouille-à-lunettes!

— Non, c'est à mon tour, le-porc-épic !

Je donne une grande secousse, au moment même où Aurélie relâche un peu ses mains. Je tombe à la renverse. Le pot de gouache effectue un vol plané au-dessus de nos têtes, avant de s'écraser sur le mur et de se répandre sur le plancher.

Nous baignons dans un étang vert gluant. Aurélie crie aussi fort qu'un ouaouaron. Elle ne voit plus rien. Ses lunettes sont recouvertes de gouache. Je dois faire vite. Déguerpir avant que l'enquêteur ne m'arrête pour de bon et ne me jette en dehors de l'école.

Je cours m'enfermer dans ma case. Je me recroqueville en espérant que je fais un cauchemar et que Maude va venir me réveiller. Mais j'ai beau me pincer, je suis toujours couvert de gouache. J'entends des pas qui approchent. Sûrement l'enquêteur. Pourvu qu'il poursuive son chemin!

Mais il ouvre la porte de ma case et me tend la main. Pet de cacahouète! Comment a-t-il fait pour me retrouver? J'aperçois alors une série d'empreintes vertes qui conduisent directement à ma cachette. Pas besoin d'être un super-détective pour ça!

Mais c'est à ce moment que le plus étrange se produit. Au lieu de m'arrêter sur-le-champ, il dépose une éponge dans mes mains. Ensemble, nous faisons disparaître les traces de mon gâchis. En silence. Puis, quand tout est nettoyé, on s'assoit l'un en face de l'autre.

— Je sais, Frédéric, que tu ne l'as pas fait exprès.

Étonné, je reste muet.

— Tu veux savoir à qui tu me fais penser ?

Sans attendre ma réponse, il continue :

— À un pilote de formule 1…

Moi, un champion de course automobile ? Il est complètement fou.

— … qui n'a jamais appris à conduire, poursuit toujours l'enquêteur. Suppose un instant que nous soyons tous des voitures.

J'éclate de rire. J'imagine Aurélie en crevaison sur le bord de la route.

— Toi, tu es une véritable voiture de course. Pourtant, tu ne vas jamais bien loin. Et tu as souvent des accidents.

Plus il parle, et plus j'ai l'impression que c'est un fameux détective. On dirait qu'il me connaît de l'intérieur. Quand il propose de m'apprendre à conduire mon bolide, je réponds sans réfléchir :

— Ooooooooui!

Je me vois déjà, acclamé par la foule. Ma voiture rouge étincelle sur la ligne de départ. Je fais vrombir mon moteur jusqu'à dix mille tours à la minute! J'imagine aussi le visage de mes parents, regardant fièrement leur nouveau champion. Pet de cacahouète! Ce serait génial!

8

UN ARC-EN-CIEL
EN PLEIN CŒUR

Il y a des jours où je préférerais être une petite voiture de promenade. Ce serait plus facile à conduire. Mais il y en a d'autres où il m'arrive d'être content. Aujourd'hui, par exemple. Je viens d'être couronné roi des mathématiques.

C'est moi qui ai répondu le plus rapidement aux questions.

Je dois maintenant aller porter les cartes d'invitation aux autres classes pour notre exposition. Josée me demande souvent d'aller faire des commissions dans l'école lorsque je travaille bien. Elle dit que ça permet à mon moteur de ne pas surchauffer.

Je marche dans le corridor quand, soudain, j'entends un drôle de bruit. Il semble venir de la toilette des filles. Je sais que je n'ai pas le droit d'y entrer, mais c'est plus fort que moi. Je suis trop curieux. Je pousse la porte.

Aurélie est assise par terre, blottie dans un coin, le visage dans les mains. Ses épaules sont secouées par d'énormes sanglots. Sur le plancher, ses lunettes reposent dans une drôle de position. On dirait

qu'un ouragan les a projetées à l'autre bout de la pièce. Je les ramasse pour les lui donner.

—Fiche-moi la paix! me crie-t-elle à travers ses larmes.

Toujours aussi gentille, cette fille! Je ne sais pas trop quoi faire de ses lunettes.

—Tu peux les jeter à la poubelle. Je les déteste! Je ne veux plus jamais les porter! lance le pissenlit en colère.

Je devine que je ne suis pas le seul à me moquer de son allure avec ses lunettes. Je me sens un peu coupable. C'est la première fois que je vois Aurélie pleurer. J'essaie de la consoler:

—Des lunettes, ce n'est pas la fin du monde.

—Ah! tu ne peux pas comprendre, me répond-elle.

Je ne vais quand même pas la prendre dans mes bras pour la réconforter. Encore moins lui caresser les cheveux. J'hésite. Soudain, j'ai un éclair de génie.

Je vais lui écrire une lettre. De retour en classe, je m'installe au coin tranquille. C'est le seul endroit dans la classe où elle ne me verra pas. Il y a des rideaux qu'on peut tirer pour ne pas être dérangé. Je n'ai jamais travaillé aussi fort de toute ma vie. Finalement, je suis assez fier du résultat. Au verso de ma lettre, j'ai fait un beau portrait d'Aurélie avec ses lunettes. Mais je me suis quand même permis d'ajouter un minuscule bouquet de pissenlits…

Quand Aurélie va tailler son crayon, je me lève d'un bond et je dépose la lettre sur son pupitre. Mine de rien, je la surveille. Elle retourne à sa place. Je la vois prendre la lettre, puis balayer du regard la classe. Je plonge le nez dans mon cahier. À travers les pages, je la vois plisser les yeux comme si elle ne parvenait pas à la déchiffrer. Puis elle pousse un long soupir et se résout à mettre ses lunettes.

Chère Aurélie,

Avant, j'avais toujours peur d'être renvoyé de l'école. Je voyais bien que j'étais différent des autres. Cela me rendait furieux. Je pensais qu'on avait engagé un enquêteur pour me surveiller. Maintenant, j'ai compris qu'il veut seulement m'aider.

Toi, tu as besoin de lunettes pour t'aider à mieux voir. Même si tu n'aimes pas ça, je suis sûr que tu vas t'habituer.

Frédéric

P.-S.: Ce n'est pas vrai que tu ressembles à une grenouille avec tes lunettes. J'ai dit ça pour t'embêter. Je m'excuse de t'avoir causé de la peine.

Sa lecture terminée, Aurélie tourne son regard vers moi. Je retiens mon souffle. Un sourire éclaire peu à peu son visage. Exactement comme je l'avais dessiné. Mon cœur joue du tambour dans ma poitrine.

Je la vois maintenant griffonner sur ma lettre. Le bout de sa langue pointe entre ses lèvres. Elle est concentrée. Je me demande ce qu'elle mijote. Après un moment, elle me fait signe et dresse au-dessus de sa tête le portrait que j'ai fait d'elle. Elle y a ajouté une bulle. Je lis : «*Veux-tu être mon ami?*»

Mon cœur se gonfle comme une montgolfière. Je sens que je m'élève au-dessus de mon pupitre. Tout devient petit, jusqu'à disparaître. Il n'y a qu'Aurélie qui me sourit et cette bulle qui chante dans ma tête : « Veux-tu être mon ami ? »

Je sais que je ne deviendrai jamais un élève modèle ni un champion de course automobile. Mais ce n'est pas grave. Je viens de me faire une amie.

Et quand elle me sourit comme maintenant, je la trouve aussi belle qu'un arc-en-ciel ! Mais… ne le répétez surtout pas !

TABLE DES MATIÈRES

Geneviève Piché

«**M**oi, jamais je ne passerai ma vie dans une école!» Voilà ce que je disais, du haut de mes sept ans, à mon père qui était alors directeur d'école.

Pourtant, je suis devenue enseignante. Et maintenant, j'adore me retrouver, entourée d'enfants qui ont des idées plein la tête. Je n'ai pas le temps de m'ennuyer. Surtout quand un petit Frédéric m'en fait voir de toutes les couleurs.

Comme quoi, tout le monde peut changer d'avis…

Collection Sésame